KB267588

치카치카
동물원 대소동

달과소

동물원장 알프레드 씨는 산들거리는 봄바람에 코를 킁킁댔어요.
동물원에서 이상한 냄새가 났거든요.
하늘은 구름 한 점 없이 맑고 해가 쨍쨍 빛나는데도,
손님이라고는 한 명도 찾아볼 수 없었어요.
동물들도 각자의 우리 안에 숨어서 나올 생각을 안 했고요.
아무래도 뭔가 이상했어요.

고슴도치인 이그난츠 페퍼민츠만이 혼자서 열심히 일을 하고 있었어요.

이리저리 쏜살같이 움직이며 쓸고, 닦고, 구석구석을 청소했죠.

"이그난츠!"

동물원장이 외쳤어요.

"동물원에서 왜 이렇게 냄새가 나는지 아니?"

깜짝 놀란 고슴도치는 몸을 웅크렸어요.

"저는 아무 것도 몰라요." 뾰족한 가시들 사이로 목소리가 들렸어요.

"이그난츠 페퍼민츠!"

작은 단추 같은 눈 두 개가 가시들 사이로 쑥 튀어나왔어요.

"친구들이 더 이상 이를 닦지 않아요." 이그난츠가 속삭였어요.

"나무늘보 페르디가 그러라고 했거든요. '너무 힘들잖아'라고 하면서요."

"그렇군!" 동물원장은 코를 찡그린 채 우리 앞에서 발을 터벅터벅 구르며
같은 자리를 빙빙 돌았어요. 그러더니 갑자기 우뚝 멈춰 섰어요.
"알았다! 이그난츠, 네가 좀 도와주면 좋겠구나."
"뭘요?" 고슴도치는 이렇게 묻고는 그 작은 주둥이를 삐죽 내밀었어요.
동물원장이 자기 생각을 이야기하자, 이그난츠는 재빨리 다시 몸을 웅크렸어요.
"원장님, 농담하지 마세요." 동그랗게 만 고슴도치의 몸에서 소리가 들려왔어요.
"아니, 진심이야. 약속하마. 약 하니까 생각났는데, 치약이 필요해."

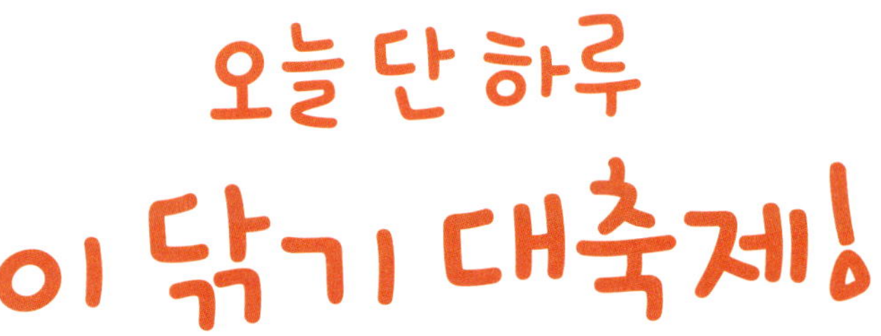

이 소식은 순식간에 동물원에 퍼졌지만,
정말 이를 닦고 싶어 하는 동물은 아무도 없었어요.
"음." 동물원장은 목록에 적힌 몇 개 안 되는 이름들을
보며 불쾌한 듯 중얼거렸어요.
"이리 오렴, 이그난츠. 네가 해줄 일이 있단다."

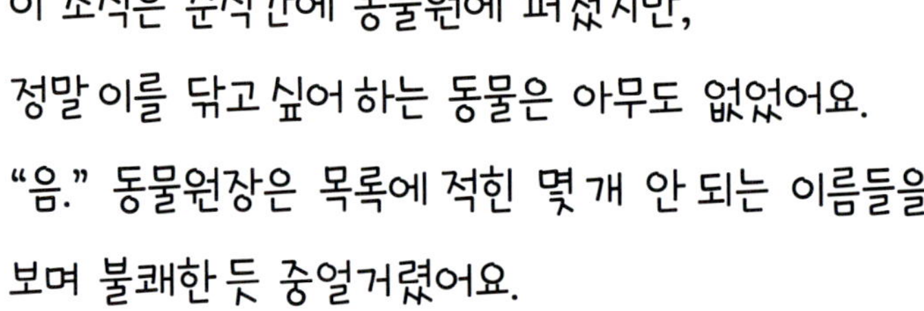

Nur heute
Großer
Zahnputztag
im Zoo!
Mit Alfred Wugeli
&
seinem Gehilfen
Ignaz
HIER
EINTRAGEN

Nur heute:
Großer
Zahnputztag
im Zoo!
Bitte
eintragen:

이그난츠는 고개를 뒤로 젖혀
기린 아가씨의 긴 목을 올려다보았어요.
더 높이, 더 높이, 점점 더 높이……
이그난츠가 여전히 놀란 얼굴로 위를 보고 있는데,
동물원장이 이그난츠의 등에 치약을 발랐어요.
"뛰거라, 뛰어, 이그난츠. 이 막대기 위로 말이다."
그는 이렇게 말했어요.

그제야 고슴도치는 그 진기한 막대기가
망원경처럼 포개진 칫솔이라는 걸 알게 되었어요.
공중에서 이리저리 흔들리는 동안,
이그난츠의 발에는 땀이 송골송골 맺혔어요.
하지만 결국 이그난츠와 알프레드 씨는 해냈어요.
기린 아가씨는 만족스러운 듯 혀로 반질반질한 이를
슥 핥으며 이그난츠에게 감사의 미소를 지어 보였죠.
이그난츠는 어쩌면 이렇게 이를 닦는 게
좋은 방법일 수도 있겠다고 생각했어요.

하지만 다음 손님을 본 순간,
이그난츠는 그게 아닐지도 모른다는 생각이 들었어요.
"원장님은 정말 같이 안 들어가실 거예요?"
"너무 위험해!"
동물원장은 이렇게 말하며 치약을 눌러 짰어요.
"자, 이제 꽉 붙들고 있으렴."
동물원장이 이그난츠를 흔들어대며 사자 씨의 이를 박박 문질러 닦는 동안,
이그난츠는 어지러워서 혼이 났어요.
위 아래, 앞뒤, 재빠르게, 사실 그건 좀 재미있기까지 했어요.

이그난츠는 눈을 슬쩍 떠봤죠.
그러자 사자가 큰 소리로 으르렁댔어요.
"이렇게 상쾌하고, 이렇게 매끈하고, 이렇게 하얗다니!
 나, 사자 남작이 맹세코 말하노라! 이 닦기는 정말 좋은 것이구나!"

'녀석, 소리 한번 우렁차네.'
동물원장은 이렇게 생각하며 이그난츠를 우리에서 빼냈어요.
동물원에 사는 다른 동물들은 궁금한 듯 목을 쭉 뺐지요.
그리고 순식간에 이 닦기 신청 목록이 꽉 차게 되었어요.

"이그난츠, 내 이 크고 주름진 귀로 듣자하니, 네가 타고난 이 닦기 선수라며?"
코끼리 우리에 도착한 동물원장과 이그난츠에게 코끼리 안톤이 뿌뿌거리며 말했어요.
이그난츠는 안톤의 거대한 엄니를 보고는 한숨을 내쉬었어요.
이번 일은 꽤나 힘들 것 같았거든요.

그때 안톤이 긴 코로 이그난츠를 휘감더니, 공중으로 휙 던져서 엄니로 다시 받는 거예요.
이그난츠는 환호성을 지르고, 안톤은 뿌뿌 소리를 내고, 동물원장은 기뻐서 손뼉을 쳤어요.
눈 깜짝할 새에 긴 엄니는 다시 백합처럼 하얗게 빛나게 되었죠.

다음은 개미핥기 에디의 차례예요.

"보나마나 식은 죽 먹기지, 뭐." 이그난츠는 이렇게 말하며 재빨리 달려갔어요.

"모두우 아안녀엉!" 에디가 흥분한 듯 소리쳤어요.

에디는 긴 주둥이를 할 수 있는 한 크게 벌리고 있었죠.

에디의 입을 자세히 들여다본 이그난츠는 깜짝 놀랐어요. 동물원장도 당황한 듯 보였어요.

"왜 그으래?" 에디가 물었어요.

"그게……." 이그난츠가 머뭇거렸어요.

"너는 이가 아예 없어서 닦아줄 수가 없어."

에디의 단추 같은 두 눈에 눈물이 차올랐어요.

"이가 어버?"

하지만 이그난츠에게 그새 좋은 생각이 떠올랐어요.

"그럼 혀를 닦아줄게."

이그난츠가 재빨리 말하자, 에디의 표정이 밝아졌어요.

"내 혀는 아아주 기~~일어."

에디는 자랑스럽게 말하고는 혀를 쭉 내밀었어요.

에디의 혀에 붙은 개미를 전부 문질러 닦은 뒤에도 일은 빠른 속도로 계속되었어요.

이그난츠는 하루 종일 이를 닦았죠. 큰 이와 작은 이, 긴 이와 짧은 이,

뭉툭한 이와 뾰족한 이, 위험한 이와 전혀 위험하지 않은 이들을요.

멧돼지와 고릴라, 얼룩말과 미어캣, 말레이맥과 악어, 코브라와 비버.

모두들 자기 차례가 될 때까지 잘 참고 기다렸어요.

"사랑하는 이그난츠, 이제 딱 한 명의 손님만이 남았단다."
고슴도치는 하품을 했어요.
"그것도 마저 해야죠." 이그난츠가 대답했어요.
"그럼 같이 가자꾸나." 동물원장은 이렇게 말하며 수족관으로 향했어요.
백상아리 빌헬름이 사는 수조 앞에 멈춰 선 순간,
이그난츠의 불길한 예감은 현실이 되었어요.

이그난츠는 용감하게 빨래집게로
코를 집고는 물속으로 뛰어들었어요.
닦아야 하는 이가 3백 개도 넘었죠.
마지막 이를 닦고 있을 때 빌헬름이
이그난츠에게 특별한 선물을 주었어요.
바로 해초 끈에 달린 상어 이빨을
이그난츠의 목에 훈장처럼 걸어 준 거예요.

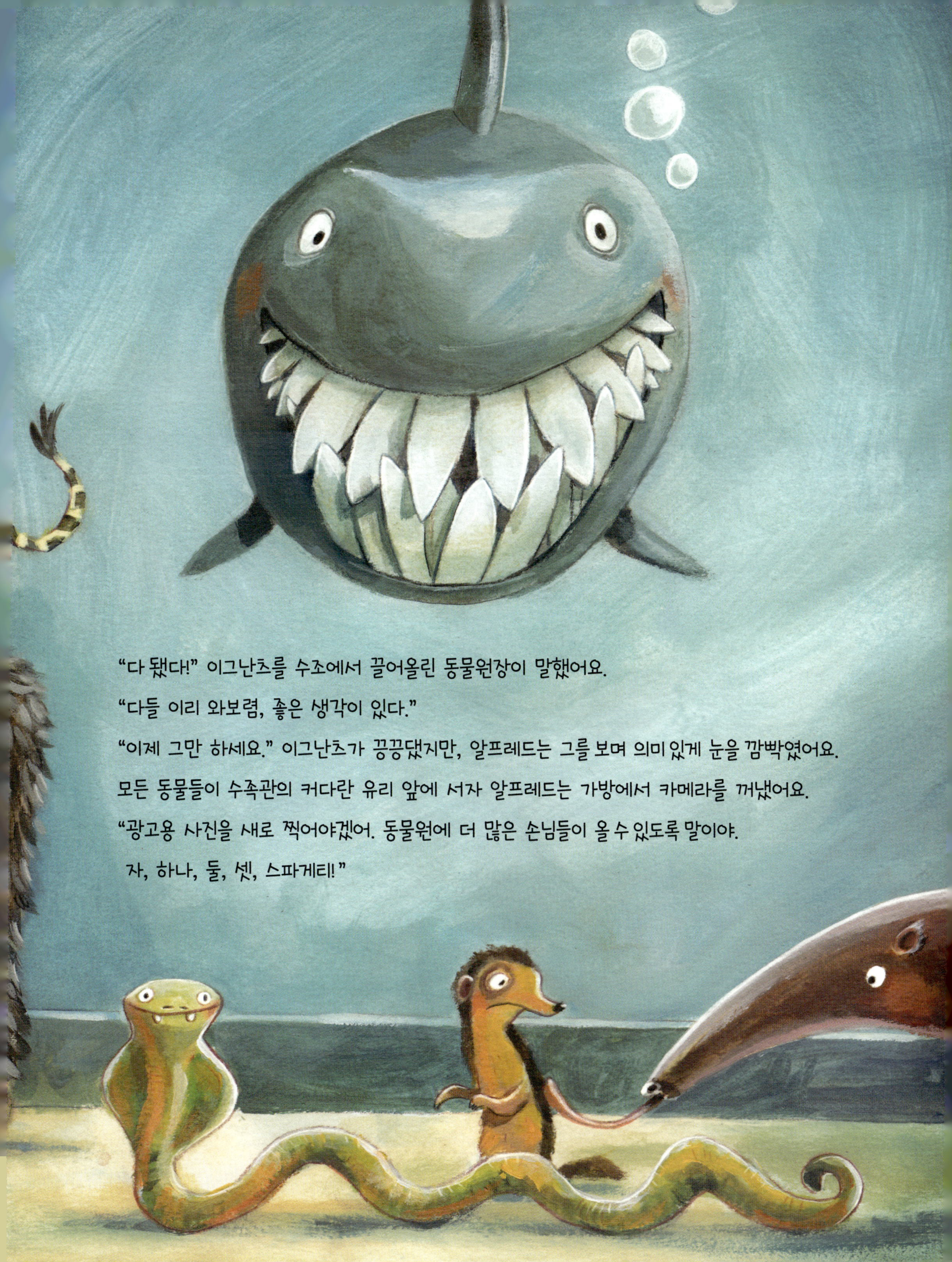

"다 됐다!" 이그난츠를 수조에서 끌어올린 동물원장이 말했어요.

"다들 이리 와보렴, 좋은 생각이 있다."

"이제 그만 하세요." 이그난츠가 끙끙댔지만, 알프레드는 그를 보며 의미 있게 눈을 깜빡였어요.

모든 동물들이 수족관의 커다란 유리 앞에 서자 알프레드는 가방에서 카메라를 꺼냈어요.

"광고용 사진을 새로 찍어야겠어. 동물원에 더 많은 손님들이 올 수 있도록 말이야.

자, 하나, 둘, 셋, 스파게티!"

사진 촬영이 끝나고, 해는 지평선 너머로 사라졌어요.

이그난츠는 만족스러운, 그러나 무척 피곤한 모습으로 터덜터덜 자기 우리로 돌아갔어요.

"안녕히 주무세요, 원장님."

이그난츠는 알프레드에게 이렇게 말하고는 자기 집 구멍으로 들어가려고 했어요.

"그렇게 서두르지 마라, 사랑하는 이그난츠. 뭐 잊어버린 거 없니?"

"뭔데요?" 이그난츠가 힘없이 물었어요.

"그거야 당연히 이 닭기지!"

ZAHN
PASTA

1판 1쇄	2019년 4월 25일
지은이	조피 쉔발트
그린이	귄터 야곱스
옮긴이	서지희
펴낸이	은보람
펴낸곳	도서출판 달과소

출판등록 2010년 6월 21일 제2010-000054호
주소 우) 04336 서울시 용산구 두텁바위로 101-1(후암동)
전화 02-752-1895 | **팩스** 02-752-1896
전자우편 dalbooks@daum.net book@dalgwaso.com
홈페이지 www.dalbooks.com
찍은곳 한빛인쇄

ISBN 978-89-91223-71-4 [77850]

정가 12,000원

* 무단 전재와 무단 복제를 금합니다.
* 잘못된 책은 구입하신 곳에서 바꾸어 드립니다.

이 도서의 국립중앙도서관 출판예정도서목록(CIP)은 서지정보유통
지원시스템 홈페이지 (http://seoji.nl.go.kr)와 국가자료종합목록
시스템(http://www.nl.go.kr/kolisnet)에서 이용하실 수 있습니다.
(CIP제어번호 : CIP2019008631)